爱的学徒

彭彭くく著

上海社会科学院出版社

献给在寻爱旅途中的朋友们。

目录

爱神的诅咒……9

长不大的树精……11

也许将来会有一个人让你愿意长大，变得勇敢，有责任心，乐于奉献，学着去爱与被爱，但是，我知道那个人不是我。

年轻的牧羊人……17

你只能变一次，那多乏味，我希望能找到一个像万花筒的姑娘。

骑士……23

你可以找一只兔子为伴，而不是一个姑娘，你只是需要被需要着。

投资家……29

问题的关键在于：我需要先投入感情，但是你不一定有感情产出，是这个意思么？

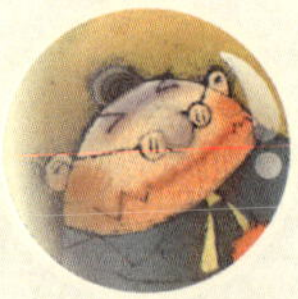

魔法师……34

原来你说这些话，只是为了让我伤心，然后你才能确定我是喜欢你的，其实，这一切只是证明了，你是多么地爱你自己。

吟游诗人……40

对于一个盲人来说，千万盏睁着眼睛的灯，也比不上睡在水中的月亮。

流浪者……51

对不起，我对自由最大的渴望，也只是做一只风筝。

小野人……56

你觉得你爱我，完全只是因为我是你见过的唯一的一个女孩子。如果今天换成另外一个人，你依然会觉得自己爱上了她，我想这不是爱情，骗不了爱神的。我听阿斯婆婆说，真正的爱情，是非她不可，无可替代的。

木匠……60

只是让温蒂没想到的是，最开始喜欢一个人的理由，竟然会成为离开一个人的理由。

收藏家……67

爱神让我拥有让所有女孩爱上我的技能，可是我无法爱上任何一个人。

国王……73

是的，如果你爱上我，我就可以变成你喜欢的样子，遗憾的是，如果我没有变成你喜欢的样子，你又怎么爱上我呢？

艺术家……76

我想这一切只是因为你不爱我而已。如果一个人在我最丑陋的时候爱上我，看到别人看不到的美丽，我就觉得他就是个艺术家。

面具人……81

魔法总是无所不能的，不是么？你并不相信我会爱上面具下你真实的样子，连你自己都不相信的事情，我想魔法也不可能让它实现的。

不死者……88

其实，这也是一件幸福的事情。无论什么事物，当你可以无限量拥有的时候，它就没什么价值了，包括时间。

爱的学徒……93

孩子，当你爱过很多人，你就不是原先的你了，你的笑容，说话的方式，举手投足间，都是那些你爱过人的影子，所以爱是最容易让人迷失自己的事情，要小心。

绿洲……99

我已经走过千山万水，却发现，最想待的地方，是你身边。幸运的是走了一圈，我又遇到了你。但如果当初我没有离开你，现在也不会爱上你，就仿佛当初的分别，就是为了这一刻的重逢。

结束……102

原来爱神赐予了她一个，这世间最无用也最神奇的魔法。

完结语……103

爱的手写记……104

爱神的诅咒

曾经有一个女孩叫温蒂，她出生于一个被爱神诅咒的家族，这个家族的人被世人称做“爱的学徒”。传说这个家族的女孩子18岁成年后，如果找到相爱的人，就可以有一个机会实现一个强大的魔法，变成对方想要她变成的样子。如果在一年内找不到，就会死去。

18岁生日后，温蒂开始了寻找真爱的旅程。

长不大的树精

温蒂首先到村庄旁的森林和伴随自己长大的树精告别。

“我要走了，去开始一段命中注定的旅途。”

树精伤心地说：“我听百雀说了，它听到了你和阿斯婆婆的对话。这真是不公平，为什么一定要找到什么真爱，我活了一百多年了，照样开开心心的，为什么要让你一年之内必须找到，不然会死！爱神是个大坏蛋！”

温蒂没有说话。

树精说道：“我真想陪你一起去。”

树精看着树林外，远方是漫无边际的草原，草原后是传说中的城市，树精有些沮丧地小声说道：“可是听人说，外面的世界很危险，有一些比蚊子和白蚁更加烦人、更加不让人心安的东西。昨天我想过要不让我爱上你吧，**可是怎么算爱上一个人呢？我每天和你在一起，我和你在一起就很开心，这样不足够么？”**

“只怕是不够的”，温蒂把小树精的手放在自己的胸口，“阿斯婆婆说，爱上一个人的时候，这里会跳得很快。”

小树精埋下头，“你会不会觉得我很没用，很胆小？”

温蒂给了这个从小到大的伙伴一个大大的拥抱：**“不会，有些人选择了长大，有些人选择了永远当孩子，这只是一个选择而已。也许将来会有一个人让你愿意长大，变得勇敢，有责任心，乐于奉献，学着去爱与被爱，但是，我知道那个人不是我。”**

年轻的牧羊人

温蒂离开村庄后，在去往城市的草原遇到一个年轻阳光帅气的牧羊人，温蒂被他打动："你的脸长得真好看，就像五月的阳光照在脸上一般，让人心里痒痒的。"

牧羊人看着眼前这个瘦瘦小小的女孩。这真是一点也不知道矜持是什么的，热情的姑娘。

"你是？"

"我叫温蒂·爱。"

"你就是传说中被爱神诅咒的那一族？爱的学徒？"牧羊

人睁大眼睛问道。

“嗯。”温蒂不好意思地点点头，原来自己的家族在外面的世界是这么有名！

“如果我们相爱，你就可以每天变成我喜欢的样子，就像春天的雨雾，夏天的河水，秋天的溪流，冬天的雪花，呈现出不同的样子？”

“不，只能变一次，”温蒂解释说，“就一次机会。”

“啊……”牧羊人一脸失望的表情，“你只能变一次，那多乏味，我希望能找到一个像万花筒的姑娘”。

温蒂觉得鼻头酸酸的，她突然在心里责怪起那个从来没有见过的爱神，为什么不能让她变化成不同的模样，只给一次机会，多么吝啬。

温蒂痴痴地看着眼前的牧羊人，牧羊人看着那群属于他的羊，再也不曾看温蒂一眼。

温蒂伤心地离开了这片草原。

你只能变一次，那多乏味，
我希望能找到一个像万花筒的姑娘。

骑士

正当温蒂伤心地走在草原间的小路上，突然听到后面传来哒哒的马蹄声。温蒂回过头，看到了一个高大威猛的骑士出现在她的面前。

骑士很绅士地邀请温蒂上马，一同前往城市。

温蒂紧紧地靠着骑士结实的背，觉得很安心。**她按住自己的胸口，心跳并没有加速，她觉得有些失望，看来心是一个很贪婪很难满足的东西，让它安心并不足以让它跳起来**。

近傍晚的时候，温蒂终于来到了城市，高大的城墙，川流不息的人群，各种温蒂从来没有见过的商品，温蒂终于激动起来，一时间她觉得城市自身对她的吸引力已经大过爱情的吸引

力，一切都是那么的新鲜。

就在温蒂差点忘记爱情的时候，她得到了人生的第一次表白。

“也许我这样说很唐突，但是半天的相处，我能感觉到你是一个美丽善良温柔的好姑娘，我可以请你做我的妻子么？”

温蒂被这突然的表白吓了一大跳，骑士脱下头盔后，露出英俊的脸庞，比牧羊人还要帅气，但温蒂已经不再是半天前的那个温蒂了，她对骑士的话只是感到惊讶。

“为什么？”

“我可以保护你。”骑士严肃地说。

温蒂却被骑士正儿八经的模样逗笑了：“你可以找一只兔子为伴，而不是一个姑娘，你只是需要被需要着。”

温蒂大笑着跑着离开了骑士。

在很多年后温蒂跟自己的孙女说起骑士的时候，突然为自己的笑声感到了一丝羞愧。

投资家

温蒂到城市的第二天一大早，就有人来旅舍请温蒂去家里做客。

“我家主人有请！”那个前来的仆人抬起下巴说道。

连仆人的声音都是那么傲慢，温蒂很难想象这家的主人是什么模样。

温蒂看着眼前金光闪闪的豪宅愣住了，一位胖乎乎的先生站在门前等着她，虽然很胖，但一点也不笨重，那双眼睛溜溜地转着，仿佛有无数个主意从他脑中划过。

“我终于等到您了，温蒂小姐，我早就通知了城市所有的宾馆和旅舍，一旦有您入住的消息，一定要第一时间告诉我。你知道买这个第一手消息我花了很多钱，但是这就是一个信息的时代，第一手信息就是最值钱的，你看，我不是在第一时间赶在其他人前面把你请过来了么。”

温蒂对自己受到这样的重视感到惊讶：“请问……我有什么能够帮到您的么？”

“关于爱神的诅咒”，温蒂看到他眼睛发光的模样，“传说中您如果遇到真的爱情，可以变成任何你或者对方希望的样子，无限制条件的回报也能带给人极致的诱惑”。

“我想我并不能变成一棵摇钱树，先生。”温蒂有点被他眼中狂热的光芒吓到了。

“您误会了，我并不缺钱。我知道这个世界上有比金钱更加值钱的东西，虽然我暂时也不知道那是什么。我们现在讨论的是这个项目的可操作性。你能告诉我，怎样才能让你爱上我么？”

“这个……我也不太清楚……”

投资家眼里的光瞬间黯淡了下去。

“温蒂小姐，你看，现在问题的关键在于：我需要先投入

问题的关键在于：我需要先投入感情，但是你不一定有感情产出，是这个意思么？

感情，但是你不一定有感情产出，是这个意思么？”

“我想是的。”

“这个投资风险太大了，我还需要找一个研究团队来研究怎么让你爱上我，这是一笔很大的投入，但是你的产出充满了不确定性。”

投资家背着手，在房间踱步。

他最后对温蒂说：**“真抱歉温蒂小姐，我深思熟虑后的结果是，时间太宝贵了，不能把它浪费在这种连什么时候收回成本都算不出的项目上。看来我们这一次合作不成了。”**

离开那所金光闪闪的豪宅，温蒂还是没有想清楚这一个早上到底发生了一件什么样的事情，但她有一种大大地松了口气的感觉。

魔法师

温蒂回旅舍时，发现旅舍斜对面的广场上变得人头攒动。温蒂记得来的时候还比较冷清的，人们一圈围着另外一圈，从里面不断地传来鼓掌喝彩声。

温蒂好奇地挤进人群。

原来是一个魔法表演。魔法师是一个年轻的帅小伙，戴着一顶黑色的礼帽，显得绅士极了。

温蒂盯着魔法师看着，魔法师突然将他的目光也锁到温蒂身上，虽然只有十几秒的对视，温蒂却觉得自己脸已经被魔法师眼神中的热度烫伤了。

魔法师取下帽子，变出一只白鸽，瞬间魔法师的牙齿上又叼着一根红色的玫瑰，白鸽衔起红色的玫瑰。

“可爱的精灵，请把这根玫瑰送给现场最可爱的女子。”魔法师大声地说，并冲温蒂眨了一下眼睛。

白鸽飞过温蒂的头顶，红色的玫瑰正好插进温蒂的头发里。现场爆发出热烈的掌声，温蒂把脸收进头发里，怦！怦！怦！她听见自己震耳欲聋的心跳声，是的，心跳声！天啊，心跳声！难道，这就是爱情！？

年轻的温蒂和魔法师很快陷入了热恋。

魔法师带温蒂在星空下的河流中划船，温蒂仰头看着，就仿佛徜徉在银河中；魔法师带温蒂爬上教堂的钟楼，听着钟声伴随着夕阳回家，仿佛听到的是永恒的交响……

魔法师带温蒂做了所有温蒂想象中最浪漫的事情。

这一天，温蒂决定把爱神赋予她身上的咒语告诉魔法师，但她有些害怕，害怕这一次并不是真爱，她害怕魔法师并不爱她。她听到过关于魔法师的传闻，他对所有的女孩子都很好。

如果失败，那还不成了笑话！可千万不能让别人笑话自己。

于是，温蒂决定先测试一下魔法师。

“我明天就要离开这里了。”温蒂对魔法师说。

“啊！”魔法师露出伤心的表情。

“而且再也不回来了。”

魔法师脸上的表情更加的伤痛。

原来你说这些话，只是为了让我伤心，然后你才能确定我是喜欢你的，其实，这一切只是证明了，你是多么地爱你自己。

温蒂突然觉得得意起来，啊，原来他是这么在乎自己啊。她心中被莫名的虚荣心充斥着，她决定再加重一些。

“我喜欢的男孩在远方等我，我要离开这里去找他。”

魔法师流泪了。

温蒂觉得有点不好意思，她告诉魔法师自己只是开玩笑的。

魔法师沉默了，沉默了很久后他说：“原来你说这些话，只是为了让我伤心，然后你才能确定我是喜欢你的，其实，这一切只是证明了，你是多么地爱你自己。”

魔法师走了，永远地离开了温蒂。

温蒂以为自己会很伤心，但她没有。**很久后，温蒂终于想明白，她并不爱魔法师，她只是喜欢他喜欢自己的感觉。**

真正爱一个人是舍不得为了自己的安全感而让对方伤心的。

吟游诗人

转眼，温蒂在这座山脚下的城市，已经待了一个月了。

曾经她以为，城市有那么多的人，就一定能遇到自己的真爱，现在每天她确实遇到形形色色的人，可是她感觉离自己的目标越来越远。

晚上，她来到河的沿岸，看对岸的灯火和人群，觉得这一切离自己好遥远，她突然有一种失重感，觉得很无力。

就在这时，她听到了一阵歌声。

“坐在种满星星的花园里，

从天而降的降落伞，

落进我的眼睛，

变成一个飘忽不定的氢气球，

追逐着它，

永远离那绳索两厘米。

它回头怜悯地看着我，

变成一只假寐的蜻蜓，

停在气喘吁吁的鼻子上，

想吻它的翅膀，

嘴怎么够得上高高在上的鼻梁？

终于它睁开眼睛，叹口气，

变成一个鲜艳的、变幻莫测的毒苹果，

掉在手心里，

微笑着，毫不迟疑地咬了一口，

苹果在体内发芽，结出一条长蛇，

缠绕在心上。

我死了，

死在种满星星的花园里。”

歌声是那么忧伤、苍凉，温蒂听呆了，她看着一个戴着墨镜的瘦削的中年男人，拿着一把雨伞敲着地面，雨伞触碰到温蒂脚尖的时候，温蒂才回过神来，轻叫了一声。

那个盲人连忙跟温蒂抱歉。

没关系的。温蒂说：“你刚才的那首歌谣很好听，但是听完后我觉得很哀伤，尽管我没有听懂歌词述说了一个什么故事。”

“这是一个爱情故事。”盲人说。

“就像一首诗，”温蒂说，“你一定是一个很厉害的诗人。”

“在以前，我知道怎么去歌颂太阳、月亮、星空，我知道

对于一个盲人来说，千万盏睁着眼睛的灯，也
比不上睡在水中的月亮。

世间所有华丽的、优雅的、充满力量的词藻”，盲人笑了，他说，“但那时我并不是一个诗人，直到遇到了她，她就像一曲在耳边时刻萦绕的旋律，那些填写这首旋律的诗歌，时刻在我脑海里，呼之欲出。”

原来爱情会让人成为一个诗人，温蒂想着。

“真想去见见那个可以把一个人变成诗人的女孩，”温蒂说，“或许她也是个魔法师。”

“我也很想见她。”盲人低下头说到，“我跟她分开，已经一万三千两百五十七天了”。

“啊！”温蒂大吃一惊。

“我好想她。”盲人说。

“那你为什么不去找她？”

“我怕我找到了，却发现已经不是我想的那个人了。对于我来说，爱情是这个黑暗世界里的唯一的亮光，是我唯一的梦想，如果破灭，整个世界就没有了。”

“哎，真可惜，不过也许你很快会遇到另外一个让你写诗的女孩子。”

“对于一个盲人来说，千万盏睁着眼睛的灯，也比不上睡在水中的月亮。”

盲人别过头看向水面，温蒂知道他什么也看不到，但他的神情却仿佛他已经看到了水中的一切。

温蒂突然理解了盲人，当一个人把爱情当做梦想的时候，他就不会轻易去爱一个人，那可是拿全世界做赌注的一次赌博。

“你知道么，在这个大陆的最西边的海洋上，有一个小岛上面有一个很厉害的占卜师，她知道这世间已发生的和未发生的，所有的一切。我最初离开家，就是为了去找她，我想问问她我的真爱是什么样子的，这样我就不会错过了。但是我在路上遇到了她，于是放弃了，**因为她是不是命中注定的那个人已经不重要了，如果不是她，我情愿错过真爱。**”

占卜师！温蒂心中燃起了希望，一个什么都知道的占卜师！

终于有一个方向了，温蒂高兴地想，这总比大海捞针好。

温蒂回过神来想跟盲人道谢，却发现他已远去，背影那么长，那么孤单。

流浪者

温蒂决定出发去找占卜者，一直向西，意味着温蒂首先得翻越这座城市背靠着的那座雪山。

温蒂站在山脚的时候，不由得被这座雪山的高度给吓着了，正当她犹豫着还要不要继续前行时，听到一个人在耳边说：

“别盯着山顶，看着脚下的路，你就能征服这座山。”

一个男孩出现在温蒂的面前，他并不算健壮，却背着一个巨大的背包，包的旁边还挂着两双鞋子，他的帽子遮住了他的上半脸，胡子遮住了他的下半脸，让人完全看不到他，也猜不到他的年龄，不过听声音，温蒂觉得这是个年轻的男孩。

男孩继续前行，温蒂赶忙跟了上去。

就这样，温蒂和这位半路结识的流浪者，开始了征服雪山的旅途。

在流浪者的指引和帮助下，两人终于快到山顶了，已经是晚上了，流浪者搭好帐篷，点燃篝火，并把自己的食物分给了什么准备也没有的温蒂。

接过食物的时候，温蒂听到了自己的心跳声，但她假装没有听到。

现在的温蒂明白了，其实心跳声也是会骗人的，就像她的心曾经为了魔法师跳动，可是她并没有爱上他。

雪山上看星星，特别特别亮，因为没有城市的灯光和它们抢夺人们的视线。

流浪者似乎对星空没有什么兴趣，他跟温蒂说，他明天要早起登上山顶去看日出，他的梦想就是看遍全世界所有壮观的日出。他别过头问温蒂的梦想是什么。

梦想？温蒂从来没有想过这个问题，但她知道自己的使命，是找到命中注定的真爱。她把这个告诉了流浪者。

“爱？”流浪者大笑道，“我从来没有爱过任何人，我只爱远方，爱那些我从来没有去过的地方，那些我从来没有见过的人们，还有那些等待着我的日出。”

流浪者看着温蒂，他一直是一个人流浪，但有温蒂的陪伴他觉得更有意思，于是他向温蒂发出了邀请。

“我渴望做一朵自由的云，要不跟我一起去流浪吧，别去

找什么虚无缥缈的真爱了。”

温蒂好好地想了想，说：“对不起，我对自由最大的渴望，也只是做一只风筝。”

“那真是遗憾，我只喜欢像风一样的女孩。”

两人怀着各自的遗憾，睡着了。

温蒂从睡梦中醒来，睁开眼睛，流浪者正一动不动地盯着她。

流浪者看着温蒂的眼睛，这女孩的眼睛真像昨晚的星光啊，他想，可惜自己追逐的是太阳。

温蒂和流浪者分开了，他们现在的方向，其实是不一样的。

小野人

在下山时，温蒂发现了这一个山洞。准确地说，她发现了住在山洞里的一个人，他的一双眼睛掩藏在洞前的草丛里面，草丛旁边还堆了好几个雪人遮住洞口，但是大块头的身体却完全露在外面。

温蒂走过去，拍了一下他颤抖的肩膀，对方吓得跳起来，这么大的反应把温蒂也吓了一大跳。

“你好，”温蒂伸出手。好半天后，对方终于鼓起勇气，回了一句：“你好……”

温蒂就这样认识了这个居住在山洞里的小野人。

小野人请温蒂去他的山洞吃东西，一整只的烤鹿，非常美味。

小野人是个沉默的人，身材高大健壮，却有一双很纯真羞涩的眼睛。他专注地看着温蒂吃着，虽然不说话，但温蒂能感受到他的快乐。

很快温蒂要走了，她有点舍不得这个不说话的小野人。但时间一点一滴地流逝，温蒂感到自己的任务变得紧迫起来。

走的时候，不说话的小野人开口了：“能不能请你留下来

陪我。”

温蒂摇摇头：“如果我不赶紧找到我的真爱，我会死的。”

小野人赶忙说：“我爱你。”

温蒂无奈地笑笑：“你觉得你爱我，完全只是因为我是你见过的唯一的一个女孩子。如果今天换成另外一个人，你依然会觉得自己爱上了她，我想这不是爱情，骗不了爱神的。我听阿斯婆婆说，真正的爱情，是非她不可，无可替代的。”

小野人一脸迷糊的样子，温蒂指了指洞口的雪人：“我对你来说，只是一个会说话有温度的雪人。”

温蒂拥抱了一下小野人，离开了山洞。

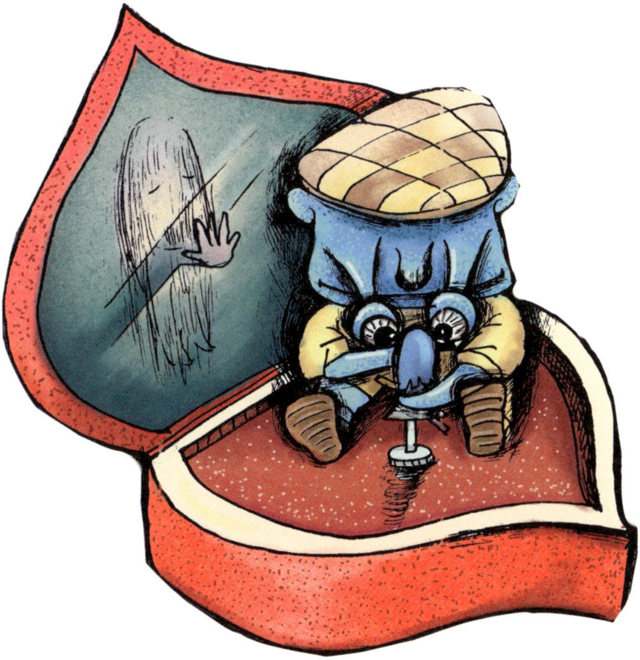

木匠

温蒂以为，山的另一边就是海洋，海洋的中间，就是答案。

可让她没有想到的是——山的那一边，还是城市。

这是一个很美丽的城市，而且比上一个城市更加繁荣，但是温蒂没有了以前那颗轻松地游览城市的心，她很着急，因为听说这个城市，离海边还很远很远。

就在温蒂焦虑地走着的时候，她遇见了一个木匠，他专心致志地制作着一个很漂亮的木质八音盒。

就像一阵凉风，温蒂看着木匠专心的样子，突然觉得自己

只是让温蒂没想到的是，最开始喜欢一个人的理由，竟然会成为离开一个人的理由。

不那么着急了，心也静了下来。

她一动不动地站在木匠旁边，从中午到黄昏。木匠终于停下手中的活，抬头看了她一眼。

“这个八音盒，送给您。”

温蒂欣喜若狂地收下这件宝贝，她又听到了心跳的声音。她觉得木匠专心做事的样子很迷人，她觉得既然他愿意把这个精心制作的八音盒送给自己，一定是喜欢自己的。

温蒂决定在这个城市留下来。

第二天，温蒂一大早就来到木匠的身边，看着他制作各种东西，直到深夜才回去，但木匠一直专注地做手上的工作，完全没有留意到温蒂的存在。

第三天……

第四天……

……

这些天木匠又送出了几个八音盒，温蒂才知道，**原来对于一些人来说，过程才是最重要的，做出的东西反而是没有任何**

价值。

这真是一个美丽的误会。

到了第十天，木匠抬头大吃一惊地说："原来你还在这儿。"

温蒂突然明白是自己该离开的时候了。**木匠的世界里没有人，只有木头**。**只是让温蒂没想到的是，最开始喜欢一个人的理由，竟然会成为离开一个人的理由**。

收藏家

在这座城市的中心，温蒂看到了一个很有个性的收藏馆。整个收藏馆就是一颗心的造型，走进去后，温蒂看到了无数个玻璃瓶在收藏馆里展示着，里面装着如同烟雾一般的心，闪现着不同的回忆。

一个看上去五十几岁的男人坐在收藏馆中央的椅子上，一脸忧伤地看着这些展品。

“你好，”温蒂上前打招呼，“请问您知道这是间什么收藏馆么？我四处都没有找到相关的介绍。”

“这是我的私人收藏馆，我是一个收藏家，这里展出的是所有我收集来的，女孩的心。”

“啊！”温蒂大叫一声。

收藏家抬头，用忧伤的眼神看了温蒂一眼：“原来你跟我一样，是被爱神诅咒的人。”

“你也是？”

“你是不能不爱的一族，我是不能爱的一族。**爱神让我拥有让所有女孩爱上我的技能，可是我无法爱上任何一个人，每当想到这一件事，我就感到很悲伤，因为我可以让那些姑娘的心有所属，但是我自己的心却无处安放，可她们却说受伤的是她们**。”

收藏家情绪有些低落：“我知道你们家族的咒语，你们跟一个人相爱后，可以变成任何模样，我可以让你爱上我，可是我却没有办法爱上你，我真希望能有一个女孩能变成我心的容器，就像这些玻璃瓶。”

一想到有人希望自己变成玻璃瓶，温蒂就觉得有些毛骨悚然。**她看着收藏家，又觉得他真的很可怜，他知道怎么吸引一个人，却不知道怎么去爱一个人**。

可是，这并不是自己可以帮到的，温蒂想着，默默地离开了这间收藏馆。

国王

刚走出收藏馆，温蒂就被两个士兵扣住，无论她怎么询问，怎么反抗，士兵都一声不吭，直到把她送到城市中央的城堡里。

温蒂看着坐在高高在上的王位上的国王，感到非常的生气。

“听说——你可以变成任何人喜欢的样子？”国王的声音非常的傲慢，温蒂更加不想回答他的问题了。

国王继续自顾自地说：“这倒是一件新鲜事，我还没有喜欢过任何一个人，如果你能变成我喜欢的样子，让我喜欢上，我可以奖赏你，随便你要什么我都可以给你。”

温蒂看着国王，无论他的皇冠是什么样子的，价值多少，他都和之前的那个收藏家差不多，是个可怜虫，甚至更可怜。

“是的，如果你爱上我，我就可以变成你喜欢的样子”，温蒂大声说道，“遗憾的是，如果我没有变成你喜欢的样子，你又怎么爱上我呢？”

温蒂知道国王无法爱上自己，因为她在他的眼里只看到一个人，那就是他自己。

“真是无聊”，国王懒洋洋地往王座上一躺，“还以为这次能遇到一个很与众不同的女孩子呢”，他喃喃地说道。

艺术家

温蒂快步地走着，想快点穿过这座无聊的城市，但是这个城市比她想象的大多了。她觉得很累，就在这时，她听到背后有人叫她。

“嘿！”

温蒂回过头，是一个背着画板，留着长发的少年，他气喘吁吁地跑到温蒂的面前，左右上下地细细打量着，然后叹了口气。

“你的头发如果能再稍微红一点就好了，这样衬出你雪白的肤色，就会变得很美丽。真是太遗憾了，就差那么一点点，你就能成为一个完美的艺术品。我一直想爱上一个完美的姑娘，要知道，一个优秀的艺术家是不能接受一点点瑕疵的。”

“我想这一切只是因为你不爱我而已。如果一个人在我最丑陋的时候爱上我，看到别人看不到的美丽，我就觉得他是个艺术家。”

温蒂说完，快步地离开了这个艺术家。不知道为什么。这座城市，突然让她觉得喘不过气来。

面具人

到了这座城市的边缘，温蒂愣住了，不是海洋，甚至草原都不是。

这座城市的另一边，是无边无尽的沙漠。

温蒂觉得很迷茫，她越往前走，人越少，直到只有依稀的植物陪伴着她。到最后，连植物也没有了，只有沙子。

温蒂实在忍不住，哭了起来。

就在这时，一张奇怪的、五彩缤纷的、滑稽的大脸一下子出现在温蒂面前，把温蒂吓了一大跳。

魔法总是无所不能的不是么？

你并不相信我会爱上面具下你真实的样子，连你自己都不相信的事情，我想魔法也不可能让它实现的。

她愣了会儿，才反应过来这是一个面具，破涕为笑。

“面具”自己也笑了起来，笑了会儿说：“你在哭什么？”

“我哭，是因为我可能快死了。”

“怎么可能，你还这么年轻。”

“我叫温蒂·爱。”

“那个被爱神诅咒的家族？”“面具”惊讶地问。

温蒂点点头：“如果我再找不到一个相爱的人，我可能就要死了。”

“原来是这样，这件事情很简单，”“面具”从怀里掏出很多个、各式各样的面具，“选一个你喜欢的面具吧，**我有所有人喜欢的面孔，所以能让任何人爱上我**。而且，我也蛮喜欢你的，你哭的样子很可爱。”

“真的吗！？那你希望我之后变成什么样的一个人？”

“我希望……我希望你能喜欢上面具下我最初的样子。”

“那可以把你的面具摘下来么？”

“不，这样你就不会喜欢上我了，没有任何人会喜欢上我真实的样子，也许在我帮你打破你的诅咒后，你能做到，魔法总是无所不能的不是么？”

“你并不相信我会爱上面具下你真实的样子，连你自己都不相信的事情，我想魔法也不可能让它实现的。”

“面具”犹豫了很久，伸手准备取下面具，但最后他还是放下了手：“不，我现在不能把我面具取下来。”

“我曾经遇到一个人他很傻，什么都相信，这真是可悲，但是遇到你我才发现，比什么都相信更傻更可悲的是，什么都不相信，甚至连自己都不相信。”

温蒂没有让“面具”帮助自己，她和他成为好朋友，共同度过了沙漠最初的一段时光。

不死者

连续几天在沙漠的行走让她觉得整个人都快变成干尸了。她的内心也同样焦灼地燃烧着，她能感觉到咒语正在给她的生命一遍一遍地敲警钟。

这座古堡，就这样在温蒂最难受的时候出现了。它看上去有些阴森，有些危险，但是温蒂还是迫不及待地走了进去。

“好美好阴凉的城堡”，温蒂感叹道。

“当然，因为它是属于我的。”

温蒂回过头，看到一个没有一丝血色的男人正慢慢地朝她走过来，他步调优雅得像一只与世无争的猫，神态却像一只随时准备捕猎的鹰。

他走近后，打量了一下温蒂，突然很诡异地笑了。

“这真是漫长岁月中难得遇到的有趣的事情。你竟然是爱的学徒？”

“嗯。”温蒂点点头，想着是不是自己身上有什么特别的标记？

“哦，爱！”男人轻轻地哼了一声，似乎在跟温蒂说，又似乎在自言自语：**“我已经不太记得，上一个爱的人的样子了，人们说如果你爱过一个人，就会刻骨铭心地记住她的样子、她的声音，我敢说，说这话的人，并没有拥有太长的时间，在没有见识过岁月真正的威力前，他们就去死了。**

其实，这也是一件幸福的事情。无论什么事物，当你可以无限量拥有的时候，它就没什么价值了，包括时间。

不过虽然我已经忘记她们的样子，可我还记得爱的滋味。

其实，这也是一件幸福的事情。无论什么事物，当你可以无限量拥有的时候，它就没什么价值了，包括时间。

那是一种可以把这个无聊的时光变得有滋有味的东西，甜甜的，当然也有苦的时候，但当你长时间什么味道都尝不到的时候，你会觉得有点苦味也是好的。

我现在就是一个尝不到味道的人了，真该死，我恨爱神。”

男人转头盯着温蒂说道：“我知道爱神的的咒语，也许你并不是为了寻找爱情，你只是害怕死亡而已。”

男人将脸慢慢地凑近温蒂：“我可以赐予你无穷尽的时间，帮你打破这个爱神的魔咒。”然后他深深地吻了下去。

温蒂感觉到自己的身体在一点一点地变冷，她感到自己的心跳越来越慢，很快，它就不会再跳了吧，无论遇到谁，它都不会再跳动了！

温蒂缓过神来，把男人推开。她的嘴角溢出血来。

“曾经我也这样以为，但后来发现，比起死亡，我更害怕自己从来没有跟一个人相爱过的感觉。”

温蒂大步跑着，逃离了这座古堡，男人只是凄惨地笑着，也没有去追她，惨白的脸色更加白了。

爱的学徒

温蒂感到自己越来越虚弱，她的血液、她的信念、她的灵魂，都在一点一滴地流逝。生命之花渐渐枯萎。

温蒂想起这一个旅途，想到这个旅途中遇到的那些人们，小树精、牧羊人、骑士、投资家、魔法师、吟游诗人、小野人、木匠、收藏家……他们的脸庞划过温蒂的脑海。

还有，那个流浪者。

温蒂想起那个清晨，他看着自己的样子。

那个眼神好温暖，就像太阳，能化解雪山上所有的寒冰。

那个时候，其实她又听到了自己的心跳声，但是她假装没有听见，心跳声曾经欺骗了她，所以她决定再也不相信它了。

原来，那次心跳声没有骗她，但她自己骗了自己。

“如果可以，如果咒语真的存在，让我变成这世界上最壮观的日出，让他看到吧……”

闭上眼睛前，温蒂在心中默默地向爱神祈求。

温蒂慢慢地张开眼睛，看到一个老婆婆正坐在自己的身边，对自己微笑着。温蒂正躺在一个草屋中间的一床草席上。

“孩子，你醒了，你这个梦做得好长。你梦见了一个人吧？”

温蒂有些难过地说：“是啊，一个遇见了又错过了的人。”

“孩子，白天的时候人的脑子里住了一个讨厌的人，他会欺骗你，不准你做这个做那个，但在夜晚他睡着的时候，那个真正的你就醒了，你开始想你真正想要的，所以只有梦是不会骗人的。

孩子，白天的时候人的脑子里住了一个讨厌的人，
他会欺骗你，不准你做这个做那个，
但在夜晚他睡着的时候，那个真正的你就醒了，
你开始想你真正想要的，
所以只有梦是不会骗人的。

孩子，如果你梦到他，就去找他吧。”

“嗯。”温蒂点点头，“婆婆，谢谢你救了我！”

“不客气，回家的时候帮我跟阿斯问好。”老婆婆笑着说。

“阿斯婆婆！？”温蒂大叫道，“您也是我们族人？”

老婆婆大笑起来：“是啊，孩子，我还是你一直在找的那个占卜者。”

“啊，您不是生活在一个小岛上么？”

“当你快溺水时，我就是那个岛。”老婆婆冲温蒂眨眨眼睛。

老婆婆送温蒂离开：“孩子，往前走不远，就是一片绿洲了。”

“谢谢婆婆！”

老婆婆走近温蒂，在她的额头上轻轻一吻：“孩子，当你爱过很多人，你就不是原先的你了。你的笑容、说话的方式、举手投足间，都是那些你爱过人的影子，所以爱是一件最容易

让人迷失自己的事情，要小心。”

温蒂迫不及待地问道：“那婆婆你最后遇到一个什么样的人打破了这个爱神的诅咒。”

“我遇到了一份最稳定、最深沉、最伟大的爱，它成为我爱世间万物的根基——我遇到了我自己。”老婆婆笑着说。

绿洲

温蒂终于抵达了婆婆所指的绿洲。

晚上，她坐在绿洲的一个小山坡上，眺望着远处的一望无际的沙漠，想着要怎么才能安然度过它。

“别盯着脚下的沙子，看着身边爱的人，你就能快乐地越过它。”

一个熟悉的声音在耳边响起，温蒂惊喜地回过头，流浪者还是带着一顶帽子，只是胡子没了，显得年轻了不少。

他盯着温蒂的眼睛，说道：“那天我一睁眼，看到了世界

以前和所有人的分别都是为了重新遇见他做的准备。

上最美最壮观的日出，但突然发现它比不上那天清晨起来看到的你的眼睛。”

他紧紧地抱住温蒂：“我已经走过千山万水，却发现，最想待的地方，是在你身边。幸运的是走了一圈，我又遇到了你。但如果当初我没有离开你，现在也不会爱上你，就仿佛当初的分别，就是为了这一刻的重逢。”

温蒂笑了，她想起了以前遇到的人，她也有同样的感觉——**以前和所有人的分别都是为了重新遇见他做的准备。**

结束

温蒂和流浪者说起关于这个爱神的诅咒，

“你希望我变成什么样子的？”温蒂轻轻问道。

“我希望你——就是现在你的样子。”流浪者坚定地说。

温蒂想，原来爱神赐予了她一个，这世间最无用也最神奇的魔法。

完结语

如果你希望自己变成另外一个样子，那是因为你还没有遇到对的人，遇到那个人，你会觉得自己一分一寸都是为了他定制的，容不得修改一丁点。

爱的手写记

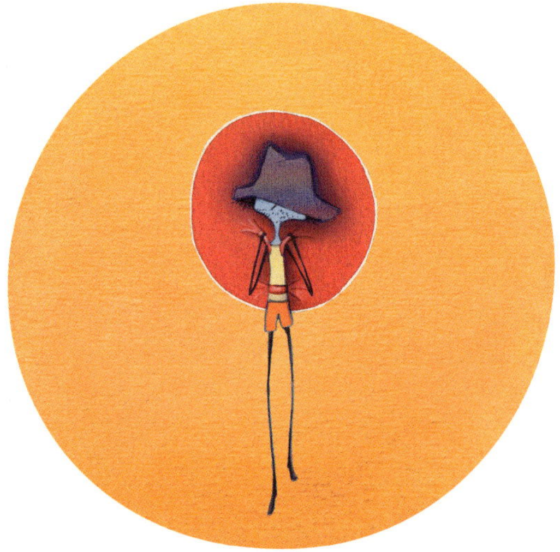

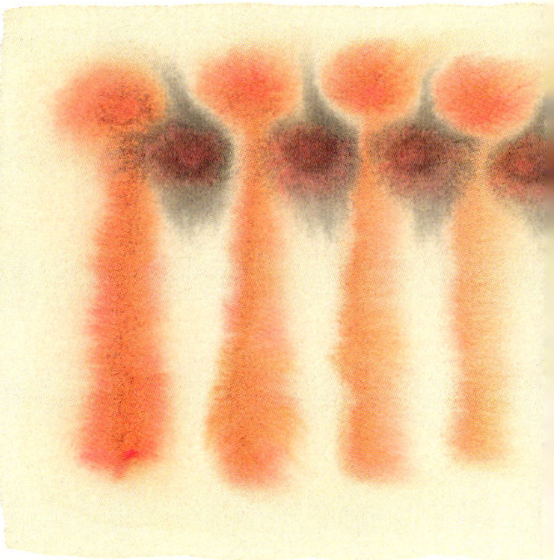

图书在版编目（CIP）数据

爱的学徒 / 彭彭著. -- 上海 : 上海社会科学院出版社，2015

ISBN 978-7-5520-1017-6

Ⅰ. ①爱… Ⅱ. ①彭… Ⅲ. ①长篇小说－中国－当代 Ⅳ. ①I247.5

中国版本图书馆CIP数据核字(2015)第234253号

爱的学徒

作　　者：彭彭

责任编辑：王晨曦

封面设计：朱雨

出版发行：上海社会科学院出版社

上海淮海中路622弄7号 电话 63875741 邮编 200020

http://www.sassp.org.cn E-mail:sassp@sassp.cn

照　　排：燕十三

印　　刷：上海丽佳制版印刷有限公司

开　　本：890x1240毫米 1/32开

印　　张：4

字　　数：58千字

版　　次：2015年11月第1版 2015年11月第1次印刷

ISBN 978-7-5520-1017-6/I・167 定价:29.80元